Message à notre babysitter

Téléphone de maman :

....

Téléphone de papa :

....

En cas d'urgence :

....

De retour vers : ....

Allergies/médicaments :

....

....

....

W0469853

MANGER

Heure du repas : ....

Quoi : ....

....

....

....

DORMIR

Heure du coucher : ....

Rituel du soir : ....

....

....

....

Temps d'écran : oui ◯ non ◯ Durée : ....

Message à notre babysitter

Téléphone de maman : ....

Téléphone de papa : ....

En cas d'urgence : ....

De retour vers : ....

Allergies/médicaments : ....

....

....

....

MANGER

Heure du repas : ....

Quoi : ....

....

....

....

DORMIR

Heure du coucher : ....

Rituel du soir : ....

....

....

....

Temps d'écran : oui ◯ non ◯ Durée : ....

Message à notre babysitter

Téléphone de maman :

....

Téléphone de papa :

....

En cas d'urgence :

....

De retour vers : ....

Allergies/médicaments :

....

....

....

MANGER

Heure du repas : ....

Quoi : ....

....

....

....

DORMIR

Heure du coucher : ....

Rituel du soir : ....

....

....

....

Temps d'écran : oui ◯ non ◯ Durée : ....

Message à notre babysitter

Téléphone de maman : ....

Téléphone de papa : ....

En cas d'urgence : ....

De retour vers : ....

Allergies/médicaments :

....

....

....

MANGER

Heure du repas : ....

Quoi : ....

....

....

....

DORMIR

Heure du coucher : ....

Rituel du soir : ....

....

....

....

Temps d'écran : oui ◯ non ◯ Durée : ....

Message à notre babysitter

Téléphone de maman : ....

Téléphone de papa : ....

En cas d'urgence : ....

De retour vers : ....

Allergies/médicaments :

....

....

....

MANGER

Heure du repas : ....

Quoi : ....

....

....

....

DORMIR

Heure du coucher : ....

Rituel du soir : ....

....

....

....

Temps d'écran : oui ◯ non ◯ Durée : ....

Message à notre babysitter

Téléphone de maman : ....

Téléphone de papa : ....

En cas d'urgence : ....

De retour vers : ....

Allergies/médicaments :

....

....

....

MANGER

Heure du repas : ....

Quoi : ....

....

....

....

DORMIR

Heure du coucher : ....

Rituel du soir : ....

....

....

....

Temps d'écran : oui ◯ non ◯ Durée : ....

Message à notre babysitter

Téléphone de maman : ....

Téléphone de papa : ....

En cas d'urgence : ....

De retour vers : ....

Allergies/médicaments : ....

....

....

MANGER

Heure du repas : ....

Quoi : ....

....

....

....

DORMIR

Heure du coucher : ....

Rituel du soir : ....

....

....

....

Temps d'écran : oui ◯ non ◯ Durée : ....

Message à notre babysitter

Téléphone de maman :

....

Téléphone de papa :

....

En cas d'urgence :

....

De retour vers : ....

Allergies/médicaments :

....

....

....

MANGER

Heure du repas : ....

Quoi : ....

....

....

....

DORMIR

Heure du coucher : ....

Rituel du soir : ....

....

....

....

Temps d'écran : oui ◯ non ◯ Durée : ....

Message à notre babysitter

Téléphone de maman : ....

Téléphone de papa : ....

En cas d'urgence : ....

De retour vers : ....

Allergies/médicaments :
....
....
....

MANGER

Heure du repas : ....

Quoi : ....
....
....
....

DORMIR

Heure du coucher : ....

Rituel du soir : ....
....
....
....

Temps d'écran : oui ◯ non ◯ Durée : ....

Message à notre babysitter

Téléphone de maman : ....

Téléphone de papa : ....

En cas d'urgence : ....

De retour vers : ....

Allergies/médicaments : ....

....

....

MANGER

Heure du repas : ....

Quoi : ....

....

....

....

DORMIR

Heure du coucher : ....

Rituel du soir : ....

....

....

....

Temps d'écran : oui ◯ non ◯ Durée : ....

Message à notre babysitter

Téléphone de maman : ....

Téléphone de papa : ....

En cas d'urgence : ....

De retour vers : ....

Allergies/médicaments : ....

....

....

MANGER

Heure du repas : ....

Quoi : ....

....

....

....

DORMIR

Heure du coucher : ....

Rituel du soir : ....

....

....

....

Temps d'écran : oui ◯ non ◯ Durée : ....

Message à notre babysitter

Téléphone de maman : ....

Téléphone de papa : ....

En cas d'urgence : ....

De retour vers : ....

Allergies/médicaments :

....

....

....

MANGER

Heure du repas : ....

Quoi : ....

....

....

....

DORMIR

Heure du coucher : ....

Rituel du soir : ....

....

....

....

Temps d'écran : oui ◯ non ◯ Durée : ....

Message à notre babysitter

Téléphone de maman : ....

Téléphone de papa : ....

En cas d'urgence : ....

De retour vers : ....

Allergies/médicaments : ....

....

....

MANGER

Heure du repas : ....

Quoi : ....

....

....

....

DORMIR

Heure du coucher : ....

Rituel du soir : ....

....

....

....

Temps d'écran : oui ◯ non ◯ Durée : ....

Message à notre babysitter

Téléphone de maman : ....

Téléphone de papa : ....

En cas d'urgence : ....

De retour vers : ....

Allergies/médicaments : ....
....
....

MANGER

Heure du repas : ....

Quoi : ....
....
....
....

DORMIR

Heure du coucher : ....

Rituel du soir : ....
....
....
....

Temps d'écran : oui ◯ non ◯ Durée : ....

Message à notre babysitter

Téléphone de maman : ....

Téléphone de papa : ....

En cas d'urgence : ....

De retour vers : ....

Allergies/médicaments : ....
....
....

MANGER

Heure du repas : ....

Quoi : ....
....
....
....

DORMIR

Heure du coucher : ....

Rituel du soir : ....
....
....
....

Temps d'écran : oui ◯ non ◯ Durée : ....

Message à notre babysitter

Téléphone de maman : ....

Téléphone de papa : ....

En cas d'urgence : ....

De retour vers : ....

Allergies/médicaments : ....

....

....

MANGER

Heure du repas : ....

Quoi : ....

....

....

....

DORMIR

Heure du coucher : ....

Rituel du soir : ....

....

....

....

Temps d'écran : oui ◯ non ◯ Durée : ....

Message à notre babysitter

Téléphone de maman : ....

Téléphone de papa : ....

En cas d'urgence : ....

De retour vers : ....

Allergies/médicaments : ....

....

....

MANGER

Heure du repas : ....

Quoi : ....

....

....

....

DORMIR

Heure du coucher : ....

Rituel du soir : ....

....

....

....

Temps d'écran : oui ◯ non ◯ Durée : ....

Message à notre babysitter

Téléphone de maman : ....

Téléphone de papa : ....

En cas d'urgence : ....

De retour vers : ....

Allergies/médicaments :

....

....

....

MANGER

Heure du repas : ....

Quoi : ....

....

....

....

DORMIR

Heure du coucher : ....

Rituel du soir : ....

....

....

....

Temps d'écran : oui ◯ non ◯ Durée : ....

Message à notre babysitter

Téléphone de maman : ....

Téléphone de papa : ....

En cas d'urgence : ....

De retour vers : ....

Allergies/médicaments :

....

....

....

MANGER

Heure du repas : ....

Quoi : ....

....

....

....

DORMIR

Heure du coucher : ....

Rituel du soir : ....

....

....

....

Temps d'écran : oui ◯ non ◯ Durée : ....

Message à notre babysitter

Téléphone de maman : ……………………

Téléphone de papa : ……………………

En cas d'urgence : ……………………

De retour vers : ……………………

Allergies/médicaments :

……………………

……………………

……………………

MANGER

Heure du repas : ……………………

Quoi : ……………………

……………………

……………………

……………………

DORMIR

Heure du coucher : ……………………

Rituel du soir : ……………………

……………………

……………………

……………………

Temps d'écran : oui ◯ non ◯ Durée : ……………………

Message à notre babysitter

Téléphone de maman : ....

Téléphone de papa : ....

En cas d'urgence : ....

De retour vers : ....

Allergies/médicaments : ....

....

....

MANGER

Heure du repas : ....

Quoi : ....

....

....

....

DORMIR

Heure du coucher : ....

Rituel du soir : ....

....

....

....

Temps d'écran : oui ○ non ○ Durée : ....

Message à notre babysitter

Téléphone de maman :

....

Téléphone de papa :

....

En cas d'urgence :

....

De retour vers : ....

Allergies/médicaments :

....

....

....

MANGER

Heure du repas : ....

Quoi : ....

....

....

....

DORMIR

Heure du coucher : ....

Rituel du soir : ....

....

....

....

Temps d'écran : oui ○ non ○ Durée : ....

Message à notre babysitter

Téléphone de maman : ....

Téléphone de papa : ....

En cas d'urgence : ....

De retour vers : ....

Allergies/médicaments :

....

....

....

MANGER

Heure du repas : ....

Quoi : ....

....

....

....

DORMIR

Heure du coucher : ....

Rituel du soir : ....

....

....

....

Temps d'écran : oui ◯ non ◯ Durée : ....

Message à notre babysitter

Téléphone de maman : ....

Téléphone de papa : ....

En cas d'urgence : ....

De retour vers : ....

Allergies/médicaments :

....

....

....

MANGER

Heure du repas : ....

Quoi : ....

....

....

....

DORMIR

Heure du coucher : ....

Rituel du soir : ....

....

....

....

Temps d'écran : oui ◯ non ◯ Durée : ....

Message à notre babysitter

Téléphone de maman : ....

Téléphone de papa : ....

En cas d'urgence : ....

De retour vers : ....

Allergies/médicaments : ....

....

....

MANGER

Heure du repas : ....

Quoi : ....

....

....

....

DORMIR

Heure du coucher : ....

Rituel du soir : ....

....

....

....

Temps d'écran : oui ◯ non ◯ Durée : ....

Message à notre babysitter

Téléphone de maman : ....

Téléphone de papa : ....

En cas d'urgence : ....

De retour vers : ....

Allergies/médicaments : ....

....

....

....

MANGER

Heure du repas : ....

Quoi : ....

....

....

....

DORMIR

Heure du coucher : ....

Rituel du soir : ....

....

....

....

Temps d'écran : oui ◯ non ◯ Durée : ....

Message à notre babysitter

Téléphone de maman : ....

Téléphone de papa : ....

En cas d'urgence : ....

De retour vers : ....

Allergies/médicaments :

....

....

....

MANGER

Heure du repas : ....

Quoi : ....

....

....

....

DORMIR

Heure du coucher : ....

Rituel du soir : ....

....

....

....

Temps d'écran : oui ◯ non ◯ Durée : ....

Message à notre babysitter

Téléphone de maman : ....

Téléphone de papa : ....

En cas d'urgence : ....

De retour vers : ....

Allergies/médicaments :

....

....

....

MANGER

Heure du repas : ....

Quoi : ....

....

....

....

DORMIR

Heure du coucher : ....

Rituel du soir : ....

....

....

....

Temps d'écran : oui ◯ non ◯ Durée : ....

Message à notre babysitter

Téléphone de maman : ....

Téléphone de papa : ....

En cas d'urgence : ....

De retour vers : ....

Allergies/médicaments :

....

....

....

MANGER

Heure du repas : ....

Quoi : ....

....

....

....

DORMIR

Heure du coucher : ....

Rituel du soir : ....

....

....

....

Temps d'écran : oui ◯ non ◯ Durée : ....

Message à notre babysitter

Téléphone de maman :

....

Téléphone de papa :

....

En cas d'urgence :

....

De retour vers : ....

Allergies/médicaments :

....

....

....

MANGER

Heure du repas : ....

Quoi : ....

....

....

....

DORMIR

Heure du coucher : ....

Rituel du soir : ....

....

....

....

Temps d'écran : oui ◯ non ◯ Durée : ....

Message à notre babysitter

Téléphone de maman : ....

Téléphone de papa : ....

En cas d'urgence : ....

De retour vers : ....

Allergies/médicaments :

....

....

....

MANGER

Heure du repas : ....

Quoi : ....

....

....

....

DORMIR

Heure du coucher : ....

Rituel du soir : ....

....

....

....

Temps d'écran : oui ◯ non ◯ Durée : ....

Message à notre babysitter

Téléphone de maman : ....

Téléphone de papa : ....

En cas d'urgence : ....

De retour vers : ....

Allergies/médicaments : ....

....

....

MANGER

Heure du repas : ....

Quoi : ....

....

....

....

DORMIR

Heure du coucher : ....

Rituel du soir : ....

....

....

....

Temps d'écran : oui ◯ non ◯ Durée : ....

Message à notre babysitter

Téléphone de maman : ....

Téléphone de papa : ....

En cas d'urgence : ....

De retour vers : ....

Allergies/médicaments :

....

....

....

MANGER

Heure du repas : ....

Quoi : ....

....

....

....

DORMIR

Heure du coucher : ....

Rituel du soir : ....

....

....

....

Temps d'écran : oui ◯ non ◯ Durée : ....

Message à notre babysitter

Téléphone de maman : ....

Téléphone de papa : ....

En cas d'urgence : ....

De retour vers : ....

Allergies/médicaments : ....

....

....

MANGER

Heure du repas : ....

Quoi : ....

....

....

....

DORMIR

Heure du coucher : ....

Rituel du soir : ....

....

....

....

Temps d'écran : oui ◯ non ◯ Durée : ....

Message à notre babysitter

Téléphone de maman : ....

Téléphone de papa : ....

En cas d'urgence : ....

De retour vers : ....

Allergies/médicaments : ....

....

....

MANGER

Heure du repas : ....

Quoi : ....

....

....

....

DORMIR

Heure du coucher : ....

Rituel du soir : ....

....

....

....

Temps d'écran : oui ◯ non ◯ Durée : ....

Message à notre babysitter

Téléphone de maman : ....

Téléphone de papa : ....

En cas d'urgence : ....

De retour vers : ....

Allergies/médicaments : ....

....

....

MANGER

Heure du repas : ....

Quoi : ....

....

....

....

DORMIR

Heure du coucher : ....

Rituel du soir : ....

....

....

....

Temps d'écran : oui ◯ non ◯ Durée : ....

Message à notre babysitter

Téléphone de maman : ....

Téléphone de papa : ....

En cas d'urgence : ....

De retour vers : ....

Allergies/médicaments : ....

....

....

MANGER

Heure du repas : ....

Quoi : ....

....

....

....

DORMIR

Heure du coucher : ....

Rituel du soir : ....

....

....

....

Temps d'écran : oui ◯ non ◯ Durée : ....

Message à notre babysitter

Téléphone de maman : ....

Téléphone de papa : ....

En cas d'urgence : ....

De retour vers : ....

Allergies/médicaments : ....

....

....

....

MANGER

Heure du repas : ....

Quoi : ....

....

....

....

DORMIR

Heure du coucher : ....

Rituel du soir : ....

....

....

....

Temps d'écran : oui ◯ non ◯ Durée : ....

Message à notre babysitter

Téléphone de maman : ....

Téléphone de papa : ....

En cas d'urgence : ....

De retour vers : ....

Allergies/médicaments :

....

....

....

MANGER

Heure du repas : ....

Quoi : ....

....

....

....

DORMIR

Heure du coucher : ....

Rituel du soir : ....

....

....

....

Temps d'écran : oui ◯ non ◯ Durée : ....

Message à notre babysitter

Téléphone de maman : ....

Téléphone de papa : ....

En cas d'urgence : ....

De retour vers : ....

Allergies/médicaments : ....

....

....

MANGER

Heure du repas : ....

Quoi : ....

....

....

....

DORMIR

Heure du coucher : ....

Rituel du soir : ....

....

....

....

Temps d'écran : oui ◯ non ◯ Durée : ....

Message à notre babysitter

Téléphone de maman :

....

Téléphone de papa :

....

En cas d'urgence :

....

De retour vers : ....

Allergies/médicaments :

....

....

....

MANGER

Heure du repas : ....

Quoi : ....

....

....

....

DORMIR

Heure du coucher : ....

Rituel du soir : ....

....

....

....

Temps d'écran : oui ◯ non ◯ Durée : ....

Message à notre babysitter

Téléphone de maman : ....

Téléphone de papa : ....

En cas d'urgence : ....

De retour vers : ....

Allergies/médicaments : ....

....

....

MANGER

Heure du repas : ....

Quoi : ....

....

....

....

DORMIR

Heure du coucher : ....

Rituel du soir : ....

....

....

....

Temps d'écran : oui ◯ non ◯ Durée : ....

Message à notre babysitter

Téléphone de maman : ....

Téléphone de papa : ....

En cas d'urgence : ....

De retour vers : ....

Allergies/médicaments : ....

....

....

MANGER

Heure du repas : ....

Quoi : ....

....

....

....

DORMIR

Heure du coucher : ....

Rituel du soir : ....

....

....

....

Temps d'écran : oui ◯ non ◯ Durée : ....

Message à notre babysitter

Téléphone de maman : ....

Téléphone de papa : ....

En cas d'urgence : ....

De retour vers : ....

Allergies/médicaments : ....

....

....

MANGER

Heure du repas : ....

Quoi : ....

....

....

....

DORMIR

Heure du coucher : ....

Rituel du soir : ....

....

....

....

Temps d'écran : oui ◯ non ◯ Durée : ....

Message à notre babysitter

Téléphone de maman : ....

Téléphone de papa : ....

En cas d'urgence : ....

De retour vers : ....

Allergies/médicaments : ....
....
....

MANGER

Heure du repas : ....

Quoi : ....
....
....
....

DORMIR

Heure du coucher : ....

Rituel du soir : ....
....
....
....

Temps d'écran : oui ◯ non ◯ Durée : ....

Message à notre babysitter

Téléphone de maman : ....

Téléphone de papa : ....

En cas d'urgence : ....

De retour vers : ....

Allergies/médicaments :

....

....

....

MANGER

Heure du repas : ....

Quoi : ....

....

....

....

DORMIR

Heure du coucher : ....

Rituel du soir : ....

....

....

....

Temps d'écran : oui ◯ non ◯ Durée : ....

Message à notre babysitter

Téléphone de maman : ....

Téléphone de papa : ....

En cas d'urgence : ....

De retour vers : ....

Allergies/médicaments : ....

....

....

MANGER

Heure du repas : ....

Quoi : ....

....

....

....

DORMIR

Heure du coucher : ....

Rituel du soir : ....

....

....

....

Temps d'écran : oui ◯ non ◯ Durée : ....

Message à notre babysitter

Téléphone de maman : ....

Téléphone de papa : ....

En cas d'urgence : ....

De retour vers : ....

Allergies/médicaments :

....

....

....

MANGER

Heure du repas : ....

Quoi : ....

....

....

....

DORMIR

Heure du coucher : ....

Rituel du soir : ....

....

....

....

Temps d'écran : oui ○ non ○ Durée : ....

Message à notre babysitter

Téléphone de maman : ....

Téléphone de papa : ....

En cas d'urgence : ....

De retour vers : ....

Allergies/médicaments :

....

....

....

MANGER

Heure du repas : ....

Quoi : ....

....

....

....

DORMIR

Heure du coucher : ....

Rituel du soir : ....

....

....

....

Temps d'écran : oui ◯ non ◯ Durée : ....

Message à notre babysitter

Téléphone de maman : ....

Téléphone de papa : ....

En cas d'urgence : ....

De retour vers : ....

Allergies/médicaments : ....

....

....

MANGER

Heure du repas : ....

Quoi : ....

....

....

....

DORMIR

Heure du coucher : ....

Rituel du soir : ....

....

....

....

Temps d'écran : oui ◯ non ◯ Durée : ....

Message à notre babysitter

Téléphone de maman : ....

Téléphone de papa : ....

En cas d'urgence : ....

De retour vers : ....

Allergies/médicaments : ....

....

....

MANGER

Heure du repas : ....

Quoi : ....

....

....

....

DORMIR

Heure du coucher : ....

Rituel du soir : ....

....

....

....

Temps d'écran : oui ◯ non ◯ Durée : ....

Message à notre babysitter

Téléphone de maman : ....

Téléphone de papa : ....

En cas d'urgence : ....

De retour vers : ....

Allergies/médicaments : ....

....

....

MANGER

Heure du repas : ....

Quoi : ....

....

....

....

DORMIR

Heure du coucher : ....

Rituel du soir : ....

....

....

....

Temps d'écran : oui ◯ non ◯ Durée : ....

Message à notre babysitter

Téléphone de maman :

....

Téléphone de papa :

....

En cas d'urgence :

....

De retour vers : ....

Allergies/médicaments :

....

....

....

MANGER

Heure du repas : ....

Quoi : ....

....

....

....

DORMIR

Heure du coucher : ....

Rituel du soir : ....

....

....

....

Temps d'écran : oui ◯ non ◯ Durée : ....

Message à notre babysitter

Téléphone de maman : ....

Téléphone de papa : ....

En cas d'urgence : ....

De retour vers : ....

Allergies/médicaments : ....

....

....

MANGER

Heure du repas : ....

Quoi : ....

....

....

....

DORMIR

Heure du coucher : ....

Rituel du soir : ....

....

....

....

Temps d'écran : oui ◯ non ◯ Durée : ....

Message à notre babysitter

Téléphone de maman :

....

Téléphone de papa :

....

En cas d'urgence :

....

De retour vers : ....

Allergies/médicaments :

....

....

....

MANGER

Heure du repas : ....

Quoi : ....

....

....

....

DORMIR

Heure du coucher : ....

Rituel du soir : ....

....

....

....

Temps d'écran : oui ◯ non ◯ Durée : ....

Message à notre babysitter

Téléphone de maman : ....

Téléphone de papa : ....

En cas d'urgence : ....

De retour vers : ....

Allergies/médicaments :

....

....

....

MANGER

Heure du repas : ....

Quoi : ....

....

....

....

DORMIR

Heure du coucher : ....

Rituel du soir : ....

....

....

....

Temps d'écran : oui ◯ non ◯ Durée : ....

Message à notre babysitter

Téléphone de maman :

....

Téléphone de papa :

....

En cas d'urgence :

....

De retour vers : ....

Allergies/médicaments :

....

....

....

MANGER

Heure du repas : ....

Quoi : ....

....

....

....

DORMIR

Heure du coucher : ....

Rituel du soir : ....

....

....

....

Temps d'écran : oui ◯ non ◯ Durée : ....

Message à notre babysitter

Téléphone de maman : ....

Téléphone de papa : ....

En cas d'urgence : ....

De retour vers : ....

Allergies/médicaments : ....

....

....

MANGER

Heure du repas : ....

Quoi : ....

....

....

....

DORMIR

Heure du coucher : ....

Rituel du soir : ....

....

....

....

Temps d'écran : oui ○ non ○ Durée : ....

Message à notre babysitter

Téléphone de maman : ....

Téléphone de papa : ....

En cas d'urgence : ....

De retour vers : ....

Allergies/médicaments : ....

....

....

....

MANGER

Heure du repas : ....

Quoi : ....

....

....

....

DORMIR

Heure du coucher : ....

Rituel du soir : ....

....

....

....

Temps d'écran : oui ◯ non ◯ Durée : ....

Message à notre babysitter

Téléphone de maman :

Téléphone de papa :

En cas d'urgence :

De retour vers :

Allergies/médicaments :

MANGER

Heure du repas :

Quoi :

DORMIR

Heure du coucher :

Rituel du soir :

Temps d'écran : oui ◯ non ◯ Durée :

Message à notre babysitter

Téléphone de maman : ....

Téléphone de papa : ....

En cas d'urgence : ....

De retour vers : ....

Allergies/médicaments :

....

....

....

MANGER

Heure du repas : ....

Quoi : ....

....

....

....

DORMIR

Heure du coucher : ....

Rituel du soir : ....

....

....

....

Temps d'écran : oui ○ non ○ Durée : ....

Message à notre babysitter

Téléphone de maman : ....

Téléphone de papa : ....

En cas d'urgence : ....

De retour vers : ....

Allergies/médicaments :

....

....

....

MANGER

Heure du repas : ....

Quoi : ....

....

....

....

DORMIR

Heure du coucher : ....

Rituel du soir : ....

....

....

....

Temps d'écran : oui ◯ non ◯ Durée : ....

Message à notre babysitter

Téléphone de maman :

....

Téléphone de papa :

....

En cas d'urgence :

....

De retour vers : ....

Allergies/médicaments :

....

....

....

MANGER

Heure du repas : ....

Quoi : ....

....

....

....

DORMIR

Heure du coucher : ....

Rituel du soir : ....

....

....

....

Temps d'écran : oui ◯ non ◯ Durée : ....

Message à notre babysitter

Téléphone de maman : ....

Téléphone de papa : ....

En cas d'urgence : ....

De retour vers : ....

Allergies/médicaments : ....

....

....

MANGER

Heure du repas : ....

Quoi : ....

....

....

....

DORMIR

Heure du coucher : ....

Rituel du soir : ....

....

....

....

Temps d'écran : oui ◯ non ◯ Durée : ....

Message à notre babysitter

Téléphone de maman : ....

Téléphone de papa : ....

En cas d'urgence : ....

De retour vers : ....

Allergies/médicaments :
....
....
....

MANGER

Heure du repas : ....

Quoi : ....
....
....
....

DORMIR

Heure du coucher : ....

Rituel du soir : ....
....
....
....

Temps d'écran : oui ◯ non ◯ Durée : ....

Message à notre babysitter

Téléphone de maman : ....

Téléphone de papa : ....

En cas d'urgence : ....

De retour vers : ....

Allergies/médicaments : ....

....

....

MANGER

Heure du repas : ....

Quoi : ....

....

....

....

DORMIR

Heure du coucher : ....

Rituel du soir : ....

....

....

....

Temps d'écran : oui ○ non ○ Durée : ....

Message à notre babysitter

Téléphone de maman : ....

Téléphone de papa : ....

En cas d'urgence : ....

De retour vers : ....

Allergies/médicaments : ....

....

....

MANGER

Heure du repas : ....

Quoi : ....

....

....

....

DORMIR

Heure du coucher : ....

Rituel du soir : ....

....

....

....

Temps d'écran : oui ○ non ○ Durée : ....

Message à notre babysitter

Téléphone de maman : ....

Téléphone de papa : ....

En cas d'urgence : ....

De retour vers : ....

Allergies/médicaments : ....

....

....

MANGER

Heure du repas : ....

Quoi : ....

....

....

....

DORMIR

Heure du coucher : ....

Rituel du soir : ....

....

....

....

Temps d'écran : oui ◯ non ◯ Durée : ....

Message à notre babysitter

Téléphone de maman : ....

Téléphone de papa : ....

En cas d'urgence : ....

De retour vers : ....

Allergies/médicaments :

....

....

....

MANGER

Heure du repas : ....

Quoi : ....

....

....

....

DORMIR

Heure du coucher : ....

Rituel du soir : ....

....

....

....

Temps d'écran : oui ◯ non ◯ Durée : ....

Message à notre babysitter

Téléphone de maman :

....

Téléphone de papa :

....

En cas d'urgence :

....

De retour vers : ....

Allergies/médicaments :

....

....

....

MANGER

Heure du repas : ....

Quoi : ....

....

....

....

DORMIR

Heure du coucher : ....

Rituel du soir : ....

....

....

....

Temps d'écran : oui ◯ non ◯ Durée : ....

Message à notre babysitter

Téléphone de maman : ....

Téléphone de papa : ....

En cas d'urgence : ....

De retour vers : ....

Allergies/médicaments :

....

....

....

MANGER

Heure du repas : ....

Quoi : ....

....

....

....

DORMIR

Heure du coucher : ....

Rituel du soir : ....

....

....

....

Temps d'écran : oui ◯ non ◯ Durée : ....

Message à notre babysitter

Téléphone de maman :

....

Téléphone de papa :

....

En cas d'urgence :

....

De retour vers : ....

Allergies/médicaments :

....

....

....

MANGER

Heure du repas : ....

Quoi : ....

....

....

....

DORMIR

Heure du coucher : ....

Rituel du soir : ....

....

....

....

Temps d'écran : oui ◯ non ◯ Durée : ....

Message à notre babysitter

Téléphone de maman : ....

Téléphone de papa : ....

En cas d'urgence : ....

De retour vers : ....

Allergies/médicaments : ....

....

....

MANGER

Heure du repas : ....

Quoi : ....

....

....

....

DORMIR

Heure du coucher : ....

Rituel du soir : ....

....

....

....

Temps d'écran : oui ◯ non ◯ Durée : ....

Message à notre babysitter

Téléphone de maman : ....

Téléphone de papa : ....

En cas d'urgence : ....

De retour vers : ....

Allergies/médicaments :

....

....

....

MANGER

Heure du repas : ....

Quoi : ....

....

....

....

DORMIR

Heure du coucher : ....

Rituel du soir : ....

....

....

....

Temps d'écran : oui ◯ non ◯ Durée : ....

Message à notre babysitter

Téléphone de maman :

....

Téléphone de papa :

....

En cas d'urgence :

....

De retour vers : ....

Allergies/médicaments :

....

....

....

MANGER

Heure du repas : ....

Quoi : ....

....

....

....

DORMIR

Heure du coucher : ....

Rituel du soir : ....

....

....

....

Temps d'écran : oui ○ non ○ Durée : ....

Message à notre babysitter

Téléphone de maman : ....

Téléphone de papa : ....

En cas d'urgence : ....

De retour vers : ....

Allergies/médicaments :
....
....
....

MANGER

Heure du repas : ....

Quoi : ....
....
....
....

DORMIR

Heure du coucher : ....

Rituel du soir : ....
....
....
....

Temps d'écran : oui ◯ non ◯ Durée : ....

Message à notre babysitter

Téléphone de maman : ....

Téléphone de papa : ....

En cas d'urgence : ....

De retour vers : ....

Allergies/médicaments : ....

....

....

MANGER

Heure du repas : ....

Quoi : ....

....

....

....

DORMIR

Heure du coucher : ....

Rituel du soir : ....

....

....

....

Temps d'écran : oui ◯ non ◯ Durée : ....

Message à notre babysitter

Téléphone de maman : ....

Téléphone de papa : ....

En cas d'urgence : ....

De retour vers : ....

Allergies/médicaments : ....

....

....

MANGER

Heure du repas : ....

Quoi : ....

....

....

....

DORMIR

Heure du coucher : ....

Rituel du soir : ....

....

....

....

Temps d'écran : oui ○ non ○ Durée : ....

Message à notre babysitter

Téléphone de maman : ....

Téléphone de papa : ....

En cas d'urgence : ....

De retour vers : ....

Allergies/médicaments :

....

....

....

MANGER

Heure du repas : ....

Quoi : ....

....

....

....

DORMIR

Heure du coucher : ....

Rituel du soir : ....

....

....

....

Temps d'écran : oui ◯ non ◯ Durée : ....

Message à notre babysitter

Téléphone de maman : ....

Téléphone de papa : ....

En cas d'urgence : ....

De retour vers : ....

Allergies/médicaments : ....

....

....

MANGER

Heure du repas : ....

Quoi : ....

....

....

....

DORMIR

Heure du coucher : ....

Rituel du soir : ....

....

....

....

Temps d'écran : oui ◯ non ◯ Durée : ....